W0368039

L’heure de la momie

© Édition Milan, 1999
pour le texte et l'illustration
ISBN : 2-84113-915-8

Claudine Roland

L'heure de la momie

MILAN POCHE

1

Du sang sur les bandelettes

– J'ai rendez-vous avec une momie…

Si je leur disais ça, aux copines de collège avec qui je rentre en bus, elles me prendraient pour une folle ! De toute façon, je ne me fais pas d'illusions : elles me trouvent sûrement plus que bizarre. Il faut dire que je cumule. Physiquement, déjà, je me fais remarquer. Une perche. Méga-modèle. Quand Laetitia, en ricanant, dit qu'Olivia Letellier domine la classe, c'est bien sûr pour se moquer de ma taille… et de mes résultats scolaires ! Mais moi, je sais que je la domine… mentalement.

Je suis brune, la peau mate, un peu comme une Égyptienne d'il y a trois mille ans... En moins jolie, j'en ai peur, quoi qu'en dise Papa, qui s'y connaît plus en égyptologie qu'en esthétique.

Mon look n'est pas ma seule originalité. Loin de là ! J'ai pas de maman, et mon papa est un mélange discret d'Homme invisible et de professeur Tournesol. Ma mère est morte quand j'étais petite. Question câlins, je rêve parfois d'une maman poule. Mais question liberté, je ne regrette rien. Papa a fait de moi la reine de sa drôle de maison.

Arrêt Musée ! Je descends du bus. Le musée, c'est chez moi.

Au début du siècle, notre ancêtre Jules Letellier a construit cette énorme bâtisse, au toit chinois et aux colonnades grecques, pour y exposer ses trésors de grand voyageur. C'est Papa qui s'occupe du musée aujourd'hui. Et j'espère bien que je lui succéderai un jour !

Avant de retrouver ma copine la momie, je passe dire bonjour à ma chatte, dans notre appartement, juste à côté des salles d'exposition.

– Bastet, tu viens avec moi ?

Je ne vois pas pourquoi je lui demande, d'ailleurs. Elle me suit partout où je vais… Comme un chien !

– Avec ta fourrure de jais, tes yeux d'ambre et ton allure princière, tu as plus de « chien » que n'importe quel cabot, ma beauté !

Bastet perchée sur mon épaule, j'entre dans la salle Jaune, la salle indienne, dominée par le dieu Ganesh à tête d'éléphant. Les visiteurs sont rares aujourd'hui. Juste une dame avec un petit garçon.

Un vieux monsieur à lunettes parvient tout de même à me bousculer en traversant la pièce. La civilisation indienne n'a pas l'air de l'intéresser ! Le chapeau enfoncé jusqu'aux yeux, il se rue en boitillant vers la section égyptologique. Bizarre, d'ailleurs, un chapeau par cette chaleur…

Voici la salle à la momie. Le vieil homme n'y est déjà plus. Je l'aperçois dans la salle à côté, en contemplation devant le grand papyrus d'Isis. Je m'approche doucement du sarcophage, et je m'adresse à la momie à voix haute :

– Je te salue, Madja, grande prêtresse d'Isis, maîtresse de la magie. Puisses-tu vivre éternellement !

Les Égyptiens croyaient que les morts continuaient à vivre si on préservait leur corps et si leur nom était prononcé par des vivants.

Voilà pourquoi j'ai rendez-vous avec Madja. Tous les jours, je la fais vivre au paradis des Égyptiens et je sais que son esprit est à mes côtés !

Aïe, la chatte m'a griffée ! Elle a sauté par terre et s'est enfuie en miaulant lamentablement. Mais qu'est-ce qui lui prend, à cette idiote ?

Un bruit de pas derrière moi… J'ai un drôle de frisson. C'est le vieux monsieur de l'autre salle. Il a son chapeau à la main. Ses cheveux sont tout rouges ! Il doit se faire teindre, c'est pas possible ! Il a l'air furieux, et me demande sèchement si le chat m'appartient.

– Oui, c'est ma chatte. Ça vous dérange ?

– Je suis allergique à ces sales bêtes ! Vous ne savez pas que les animaux sont interdits dans les lieux publics ? Je vais prévenir la direction de ce musée pour qu'on vous jette dehors !

Là, je rigole ! Et je me calme aussitôt. Faudrait quand même pas que je cause des ennuis à Papa.

– Vous avez raison, monsieur. Je n'aurais pas dû faire rentrer ma chatte dans le musée. Vous pouvez aller vous plaindre à mon père : je suis la fille du conservateur.

Magique, le changement sur la tête du vieux hibou ! Il me sourit même ! Un vilain sourire hypocrite, aux dents… rouges elles aussi !

– Pardonnez à un vieil homme ce mouvement d'humeur, mademoiselle. Ce doit être ce temps humide. J'ai horreur de l'humidité !

Je fais un effort pour être aimable.

– Je m'excuse d'avoir été impolie. Vous avez raison, il fait vraiment très lourd. Le temps est à l'orage…

– Ce doit être passionnant de grandir au milieu de toutes ces belles choses du passé. Au fait, vous habitez près du musée ? J'aimerais beaucoup rencontrer votre père…

– Nous habitons sur place. Si vous voulez contacter mon père, il suffit de vous adresser à l'accueil.

– Parfait. Je vous remercie, mademoiselle.

Le vieux bonhomme tourne maintenant autour de la momie d'un air connaisseur. Je ne sais pas pourquoi, mais je n'aime pas ça du tout ! J'essaie de me raisonner : la momie est exposée dans un musée, et tous ceux qui paient leur entrée ont le droit de l'approcher ! Rien à faire, ce type me fait une sale impression. Tout à coup, il se penche vers la momie et étudie avec attention sa main, dont chaque doigt est entouré séparément de bandelettes. Quand il se redresse, péniblement, mon regard est attiré vers la momie, et, l'espace d'une seconde, je crois voir une tache rouge sur sa main gauche. Madja saigne !

Le visiteur me salue et s'en va en traînant la patte. Je me précipite.

La goutte de sang a disparu ! J'ai des hallucinations !

Je me retourne vers le vieil homme, qui se dirige vers la sortie. Je devrais avoir pitié de lui plutôt que d'imaginer des trucs horribles. Tiens, il a oublié son chapeau sur une chaise. Il est encore chaud, et sa doublure, sale, a des reflets pourpres. Je cours après lui pour le lui rendre, et il me remercie en grimaçant un sourire. Le pauvre, c'est pas possible d'être aussi moche !

2

La marque d'Isis

– Bonjour Olivia !

Mon cousin Arthur m'attend dans la salle à manger. Papa vient d'aller le chercher à la gare. Ça fait cinq ans que je ne l'ai pas vu. À l'époque, c'était encore un bébé. Maintenant qu'il a presque douze ans, on devrait pouvoir discuter de choses sérieuses.

Il est plutôt mignon. Mais avec sa peau douce comme celle d'une pêche et ses cheveux blonds, il a toujours l'air d'un bébé ! En plus, j'ai au moins une tête de plus que lui !

Papa est tout sourire avec lui pendant le dîner : il est tellement content que j'aie un compagnon pour le début des vacances. Il paraît qu'Arthur est brillant dans ses études, et très raisonnable. Ça ne m'impressionne pas !

Pauvre Papa. Il s'en fait, des cheveux, pour moi ! Il s'en veut de ne pas s'occuper de moi aussi bien que dans les livres de psychologie qu'il cache dans sa table de nuit.

C'est dans ma chambre que le lit de camp pour Arthur a été installé. Je lui ouvre la porte de mon repaire.

– Waow ! Une statue de la déesse Bastet !

Ainsi, Arthur connaît la déesse-chatte, protectrice du foyer ! Pas si nul, le cousin !

– Et la petite statue en forme de momie, sur ton étagère, qu'est-ce que c'est ?

– Un oushebti !

– Un quoi ?

– Un « répondant », si tu préfères. Un serviteur du défunt. Regarde, il a des outils à la main et un sac à dos. C'est une statue qu'on met dans sa tombe pour que, dans l'au-delà, il réponde « présent ! » et qu'il fasse toutes les corvées à ta place. Plus on est riche, plus on en a. Je suis pas première en classe, moi, mais je peux t'en apprendre…

– Facile, avec un père égyptologue ! Et le petit hippopotame, là, à quoi il sert ?

– Personne ne sait ! Papa m'a juste expliqué que s'il était bleu, avec des fleurs et des herbes peintes sur son corps, c'était pour montrer l'élément aquatique d'où il vient. Il m'a dit aussi que les hippopotames étaient voués au méchant dieu Seth, et qu'ils étaient maléfiques. Mais celui-ci n'est qu'une reproduction. Et je le trouve plutôt sympa, mon hippo rondouillard !

Quand nous sommes couchés et que la lumière de la veilleuse projette des ombres sur les murs de ma chambre, je le sens nettement moins fier, mon cousin !

– Ça ne te fiche pas la trouille de dormir avec tous ces objets dans ta chambre ?

– Non, penses-tu, j'ai l'habitude ! Et t'as pas tout vu ! Tu as remarqué le pendentif que je porte autour du cou. Le scarabée bleu… Il est magique !

– Tu rigoles !

– Pas du tout ! Mais c'est une longue histoire…

– Vas-y, raconte, j'ai pas sommeil !

Il l'aura voulu. Tant pis pour lui s'il fait des cauchemars !

– C'est mon père qui me l'a offert, de retour d'Égypte. Lui-même l'a reçu d'une vieille femme, sur un chantier de fouilles. Elle lui a demandé s'il avait une fille et… si sa fille avait une tache de naissance sur la main gauche…

Lentement, je lève la main vers la lumière pour qu'Arthur puisse voir la tache sombre sur ma main…

– La vache !

– C'est la marque des élues d'Isis ! La vieille femme a fait promettre à mon père de me donner le scarabée. Ce n'est pas un simple porte-bonheur : il devient brûlant quand un danger menace celle qui le porte…

– Tu l’as depuis longtemps ?

– Depuis cinq ans.

– Est-ce qu’il est déjà devenu brûlant ?

– Jamais, jusqu’à présent.

– J’en étais sûr ! Un pendentif chauffant ! Et quoi encore ?

– Le scarabée n’a peut-être pas encore eu l’occasion de montrer ses pouvoirs. Par contre, moi, j’en ai…

– Des pouvoirs ?

– Tu ne me crois pas ?

– Les histoires de pouvoirs surnaturels, c’est bon pour les feuilletons débiles à la télé !

– Eh bien moi, j’arrive à faire voler mon lit. Je m’exerce tous les soirs.

– Qu’est-ce qu’il ne faut pas entendre !

– Si tu ne me crois pas, t’as qu’à ouvrir les yeux ! Mais il faut que tu sois un peu patient, l’effet ne vient pas toujours tout de suite.

Je me mets en condition et j’essaie de ne plus penser à rien. Juste à mon corps, qui devient léger comme une plume… Ça marche… mon lit se soulève à peine… Encore un effort…

– Ça y est, Arthur !

Un ronflement me répond. Mon cousin s'est endormi !

3

Le réveil du scarabée

Quelque chose pèse sur mon ventre. Quelque chose de lourd et de vivant. Encore un cauchemar ! Je me force à ouvrir un œil… Bastet ! Ce n'est que ma chatte qui vient frotter son museau contre mon nez en ronronnant.

J'ai un mal fou à émerger… Quelle nuit horrible !

Un bruit près de moi. Arthur ouvre les rideaux. Le sadique ! D'ailleurs, c'est sa faute si j'ai fait des cauchemars ! M'obliger à lui raconter des histoires avant de dormir !

Je remonte le drap sur mon visage pour échapper à la lumière, et ma main effleure mon pendentif. Le scarabée… J'attrape aussitôt la chair de poule.

Je pousse un petit cri. J'entends la voix d'Arthur, un peu inquiète.

– Ça va ? Tu as passé une bonne nuit ? Moi, j'ai dormi comme un loir !

Je redescends le drap.

– Même que tu ronflais juste au moment où je suis arrivée à faire tourner mon lit !

– Comme par hasard ! Tu es sûre de ne pas l'avoir rêvé ?

– Tais-toi ! Toute la nuit, j'ai fait des rêves affreux…

– Quel bol tu as. Raconte un peu !

– D'abord, mon scarabée magique, tu sais, celui dont je t'ai parlé juste avant qu'on s'endorme. Il s'est réveillé !

– Réveillé ?

– Il était vivant ! Il se baladait tranquillement sur tout mon corps. C'était immonde…

– Génial ! Pourquoi je ne fais jamais de rêves comme ça ?

J'examine mon scarabée et j'ai soudain un doute…

– Regarde : on dirait que ses pattes ont bougé ! Elles n'ont pas la même position qu'hier !

Arthur éclate de rire.

– T'es vraiment secouée ! Je sens que je vais passer des super-vacances avec toi ! Rien d'autre ?

– Si ! Un affreux démon à la peau et aux cheveux rouges me poursuivait en ricanant comme une hyène…

– Pas très original !

– Sauf qu'il avait ta tête !

– Très drôle ! Alors, il ne devait pas être si affreux.

– Et puis la momie gémissait quand elle tombait en poussière et disparaissait dans le sable du désert.

– La momie ? Quelle momie ?

– Mon amie Madja. Si tu veux, je te la présenterai…

4

L'œil d'Horus

Le début de l'après-midi est le meilleur moment pour visiter le musée. À l'heure de la sieste, il n'y a jamais un chat… À part Bastet, évidemment.

Je commence la visite par la pièce aux souvenirs de mon ancêtre voyageur. Arthur trouve la déco ringarde, et ça ne me fait pas plaisir. Je lui rétorque que ce n'est pas le musée du Rap, mais je sais bien qu'il n'a pas tout à fait tort.

Je me rattrape pendant la visite. Ça m'amuse beaucoup de jouer au guide ! Je dois dire, sans me vanter, que je suis devenue une vraie pro. Arthur est scié ! J'étais encore au biberon que

Papa me racontait déjà en détail l'histoire de tous les objets exposés.

On ne s'attarde pas trop dans les salles de la Chine et du Japon : j'ai hâte de lui montrer la section d'Égyptologie.

Nous entrons dans la salle Bleue. Papa est là avec le vieux bonhomme d'hier ! Ils se tiennent à un mètre environ devant le grand papyrus, qui constitue avec ma copine Madja le clou du musée.

Le visiteur se penche vers mon père. Il a l'air contrarié et lui parle sur un ton véhément. Il a toujours son chapeau sur la tête. Papa est tellement distrait que je suis sûre qu'il ne remarque pas ce genre de détail. Qu'est-ce que ce vieux fou a à voir avec mon père ? Est-ce qu'il est égyptologue, lui aussi ?

Je rejoins Arthur qui est tombé en arrêt devant une vitrine, et je lui fais signe de me suivre. Nous filons discrètement dans la salle à côté, et je me cache derrière le sarcophage de Madja, qui est tout près de la porte. C'est un poste d'observation idéal… Papa répond maintenant. Il élève même la voix, croyant sans doute que le vieux bonhomme est sourd.

– Acheter le papyrus ? Vous n'y pensez pas ! Il fait partie des collections du musée depuis près d'un siècle !

– La fondation scientifique que je représente est prête à payer une grosse somme. Cet argent vous permettrait de rénover votre musée, qui, soit dit sans vouloir vous vexer, en a bien besoin ! Réfléchissez, monsieur Letellier. Mais réfléchissez vite ! Je ne peux vous laisser qu'un délai d'un jour pour me donner une réponse définitive.

– Venez me voir à mon bureau demain, monsieur. Mais je doute fort que ma réponse change.

L'air préoccupé, Papa se dirige vers l'accueil. Le vieux bonhomme, lui, reste planté un bon moment encore devant le papyrus, comme hypnotisé. Puis il finit par s'éloigner, d'une allure encore plus vacillante qu'hier. Mais je n'ai aucune pitié ! Sale type, va ! Venir embêter Papa ! Oser lui proposer d'acheter un souvenir de famille, et lui rappeler les soucis qu'il a avec la gestion du musée. Je sors de ma cachette. Devant moi, juste en dessous des yeux peints sur le sarcophage, une petite flaque d'eau brillante. Comme si la momie avait pleuré…

Encore une hallucination ?

Arthur s'énerve.

– Alors, tu me la présentes, ta momie, oui ou non ?

– Un peu de respect ! Voici Madja. Elle vivait il y a 3 500 ans, au temps du pharaon Toutankhamon. Comme lui, elle est morte jeune. Elle fut grande prêtresse d'Isis, la déesse de la Magie. C'était un personnage important : elle a eu droit à un embaumement de première classe et à un beau sarcophage en bois doré. Admire ces yeux dessinés sur le sarcophage ! Ils protègent la momie dans l'au-delà et lui permettent de voir le monde des vivants. Tu ne remarques rien ? Par terre, sous les yeux ?

– Un peu d'eau.

– Il y a cinq minutes, il n'y en avait pas. Et si c'étaient les larmes de la momie ?

– T'es cinglée ! Il doit y avoir une explication ! Là-bas, ce n'est pas la femme de ménage, avec tout son attirail ?

– Madame Sonia ? Ce n'est pas son jour pour nettoyer à l'eau. Et le reste de la pièce n'est pas mouillé…

5

La déesse chatte

J'ai chaud, j'ai chaud, j'ai chaud ! Et cette chatte qui veut absolument s'installer sur mes genoux ! Je la chasse en douceur, mais elle miaule son mécontentement. Je ne comprends pas comment elle survit à la canicule avec son manteau de fourrure. Rien qu'à la regarder, la sueur me dégouline dans le dos.

Pendant le repas, Papa a suggéré que je fasse visiter la ville à Arthur. Je n'ai vraiment aucune envie de bouger… Je propose sans conviction à Arthur d'aller se promener. À mon grand soulagement, il fait non de la tête.

Maintenant, Papa s'est retranché dans son bureau. J'imagine qu'il réfléchit à la proposition du vieux hibou.

N'accepte pas, Papa, je t'en prie !

Je suggère à Arthur une petite soirée tranquille, à feuilleter des bouquins sur l'Égypte. Il accepte aussitôt avec un sourire jusqu'aux oreilles ! Plutôt sympa en fin de compte, le cousin.

Arthur se plonge avec délices dans les mystères des pyramides et la malédiction des pharaons. Je m'endors à moitié sur le divan, mais Arthur me donne un coup de coude. Il ne peut pas se passer de mes explications cinq minutes ! C'est alors qu'une masse noire atterrit en catastrophe sur le livre... et dérape. En essayant de se rattraper, Bastet me griffe copieusement les cuisses.

– P'titetêt ! Stupide animal !

– C'est son deuxième nom ?

– Quand je l'ai appelée Bastet, sa vraie personnalité ne s'était pas encore révélée. En fait,

P’titetêt lui convient beaucoup mieux, bête comme elle est !

Bastet s’est réfugiée sur le haut d’une armoire. Elle trône là, indifférente à mes sarcasmes, plus égyptienne que jamais.

C’était justement une statue de la déesse-chatte qu’Arthur voulait me montrer sur son livre. Superbe, douce… mais dangereuse aussi.

– Sais-tu qu’elle peut se transformer en féroce lionne si c’est nécessaire ! Elle devient alors la redoutable Sekhmet… C’est ma déesse préférée !

– Je croyais que tu étais une élue de la déesse Isis ?

– Isis, c’est autre chose ! L’épouse du grand dieu Osiris et la mère d’Horus, le dieu à tête de faucon ! Elle a tous les pouvoirs, y compris celui de commander à la vie et à la mort ! Elle a ressuscité son mari Osiris que le méchant dieu Seth avait tué. Pour le sauver, elle a inventé la momification. Comme je suis sous sa protection, je n’ai pas grand-chose à craindre.

– Et ce dieu-là, avec le vilain museau, qui c'est ?

– Le dieu Seth justement. Le dieu rouge. Le dieu du Mal, de la Violence et des Orages…

J'ai à peine prononcé ces mots que le tonnerre se met à gronder au loin. Arthur trouve ça très drôle.

– On dirait que c'est une soirée pour lui !

Arthur sort un de ses jeux vidéo, et me propose une partie. Heureusement que le ridicule ne tue pas : je suis complètement nulle ! Manifestement, Arthur a besoin de m'impressionner. Il me raconte ensuite ses prouesses en électronique. Ce n'est pas qu'elles me passionnent, ses histoires de diodes et de puces, mais elles me rassurent au milieu de cette nuit que je sens chargée d'électricité…

6

Vent de feu

Qu'il fait lourd ! Je me tourne et me retourne dans mon lit.

Pas moyen de dormir ! Je n'ai même pas proposé à Arthur de refaire un essai de vol de lit. Je ne me sens pas assez en forme ! L'orage éclate !

Les premiers éclairs zèbrent le ciel. Par moments, on y voit comme en plein jour. Je compte les secondes qui séparent le tonnerre des éclairs pour essayer de me rassurer… Trois secondes ! Pas vraiment rassurant ! Et Arthur qui continue à dormir…

Soudain, un bruit domine les coups de tonnerre. Un bruit insistant… Les alarmes du musée ! Ce coup-ci, Arthur se réveille. Il se redresse dans son lit et me demande ce qui se passe.

– Les alarmes se sont mises en route ! Quelqu'un essaie de pénétrer dans le musée !

– Pas de panique ! C'est peut-être l'orage qui a déréglé les capteurs.

La sirène de la police maintenant ! C'est vrai que nos alarmes sont reliées directement au commissariat. Je cours à la fenêtre. Devant la porte, deux policiers parlementent avec Papa en robe de chambre.

Il les fait entrer. Quelques minutes plus tard, les alarmes se taisent.

La situation paraît sous contrôle.

Je vais peut-être enfin pouvoir dormir ! Malheureusement, l'orage, lui, ne s'est pas calmé. On dirait presque qu'il tourne autour de la maison…

Encore les alarmes… Elles sonnent sans trêve dans mon rêve. Pour me prévenir de quelque chose ! Mais de quoi ? Des ailes se déplient dans mon dos et je vole dans le musée. L'armure de samouraï et le théâtre d'ombres balinais me font de grands signes angoissés. Mes ailes se prennent dans l'immense écharpe de soie indienne. Je suis prise au piège !

J'ouvre les yeux… Arthur me secoue : les alarmes se sont à nouveau déclenchées.

Je rejoins Arthur à la fenêtre. Les policiers qui sortent de leur voiture ont l'air de très mauvaise humeur, cette fois-ci !

– Si on allait voir ce qui se passe…

On sort de la chambre sans faire de bruit, la chatte sur les talons.

Dans la maison, les portes sont grandes ouvertes. Nous arrivons sans encombre au musée. Tout est allumé. Dans l'entrée, les policiers regardent d'un air mauvais le tableau de contrôle des alarmes.

Ils conseillent à mon père de débrancher le système pendant l'orage.

Quand ils sont partis, Papa nous regarde et fait un geste d'impuissance.

– La technique, mes enfants ! Les Égyptiens ne connaissaient pas leur bonheur !

Nous l'accompagnons dans son cher musée. Dans la grande salle, une fenêtre donnant sur le jardin est brisée. Quel vent ! Mais il y a plus étonnant : dans la salle Bleue, la vitre qui protège le papyrus est fendue… Quand nous nous approchons, Bastet se met à miauler bizarrement.

Partout de la poussière rouge… Pourtant, Papa n'est pas impressionné.

– Un coup de sirocco ! C'est un vent du sud qui atteint rarement notre région, mais qui amène du sable directement du Sahara !

On finit par aller se recoucher. Arthur n'a plus sommeil.

– C'est vrai qu'il y a une sacrée ambiance chez vous ! Je comprends que tu sois à moitié folle, ma pauvre Olivia !

7

Le masque d'or

Pour une fois, Bastet n'est pas au pied de mon lit à mon réveil. Ça me fait tout drôle. Elle est sans doute à la poursuite d'une pauvre souris.

On respire ce matin, la chaleur est nettement moins accablante.

Sitôt le petit déjeuner expédié, j'entraîne Arthur au musée. Il faut que je voie Madja !

Madame Sonia est passée avant nous. Elle a sûrement eu beaucoup de travail pour se débarrasser de tout le sable qui s'est infiltré dans le bâtiment cette nuit !

Je m'approche de Madja pour lui faire mes salutations habituelles, sous l'œil – un peu narquois – d'Arthur. Mais je m'interromps en plein milieu de ma phrase. Je passe délicatement un doigt sous les pieds de la momie… ils sont maculés de poussière rouge !

Cette nuit de sirocco, la momie a marché dans le musée !

Je suis tellement soufflée que je n'arrive plus à articuler un mot.

Je montre mon doigt rougi à Arthur.

– T'as… vu… ça…

– Ouais, et alors ?

– Elle a les pieds rouges…

– D'accord, elle a un peu de sable sur les pieds… Je ne comprends pas pourquoi tu t'excites. Du sable, il y en avait partout dans cette pièce…

– Mais tu vois bien qu'elle n'en a que sur la plante des pieds !

– Qu'est-ce que tu crois encore ?

– Elle a marché !

– T'as vraiment une imagination délirante, hein ! À mon avis, tu as de mauvaises fréquentations… Je ne vous visais pas, madame, rajoute-t-il en louchant vers la momie.

Ça ne sert à rien d'insister, Arthur est borné. À moins que ce ne soit lui qui ait raison : j'ai trop d'imagination…

– On s'en va ?

– Attends !

J'ai cru voir Bastet dans la salle Bleue. Je m'élance. Arthur suit en rouspétant. Au même moment, qui je vois entrer dans la salle à la momie ? L'affreux bonhomme aux cheveux rouges et aux lunettes dorées.

Il est encore plus voûté qu'hier. Comme s'il avait vieilli de dix ans en une nuit…

Décidément, Arthur a raison. Je délire ! Je me plaque contre le mur pour éviter que le vieux hibou ne me repère. Un petit signe à Arthur, et avant qu'il ait le temps de râler, je suis discrètement le visiteur.

Il se traîne jusqu'au sarcophage et marmonne tout seul : on dirait qu'il lit les hiéroglyphes dessinés dessus… C'est la momie qu'il fixe maintenant du regard. Je change de position pour mieux apercevoir son visage. Quel air méchant ! Il me fout les jetons !

Soudain, il avance une main tremblante vers le masque funéraire de la momie. Il veut le lui arracher !

Sans réfléchir, je bondis de derrière ma cachette et me rue sur lui.

– On ne touche pas aux objets du musée !

Surpris par mon apparition, le vieux bonhomme suspend son geste. Puis il me reconnaît, et une lueur ironique apparaît dans ses yeux injectés de sang.

– Tiens, mais c'est mademoiselle la fille du conservateur ! Je n'ai pas à me justifier, mais je vous informe que votre père m'a donné l'autorisation d'étudier de près cette momie... comme tous les autres objets exposés dans votre petit musée miteux.

Je suis trop sous le choc pour relever l'injure. Quelque chose de brillant accroche mon regard. On dirait de l'or. Dans sa main… oui, c'est bien ça : un petit couteau en or…

Soudain, une trombe noire fonce vers le visiteur… Bastet ! Le dos et la queue hérissés, elle lui fait face et lui crache toutes sortes d'horreurs ! Elle ne m'avait pas habituée à tant de courage : elle a l'air prête à lui sauter aux yeux ! Je l'attrape d'une main et m'enfuis sans me retourner. Papa. Il faut que je le voie tout de suite !

8

Sous le regard d'Anubis

Papa est blanc de colère. Jamais je ne l'ai vu dans cet état !

– Quoi ! Tu t'es permis de faire des réflexions à ce monsieur ! Mais c'est un très grand savant qui connaît parfaitement la civilisation égyptienne. Il m'a donné des détails sur la vie en Égypte que moi-même j'ignorais ! Il n'est peut-être pas très sympathique, mais ce n'est pas une excuse ! De toute façon, tu n'as pas à traîner au musée aussi souvent. Je t'ai laissé beaucoup trop de liberté. Moi qui espérais qu'Arthur aurait une bonne influence sur toi ! Sors d'ici, et file dans ta chambre ! On en reparlera ce soir.

En sortant, la chatte toujours dans les bras, je bouscule Arthur.

J'ai un mal fou à retenir mes larmes.

Je cours me réfugier sous la statue d'Anubis. Le gardien des morts file le cafard à la plupart des visiteurs, mais c'est entre ses pattes que je viens chercher un peu de consolation depuis que je suis toute petite. Le noir Anubis connaît tous mes chagrins secrets.

Pelotonnée dans ma cachette préférée, je peux enfin sangloter à mon aise. Bastet lèche mes larmes au fur et à mesure qu'elles tombent sur mes joues. Ma douce, heureusement que je t'ai ! Toi, au moins, quoi qu'il arrive, tu es de mon côté.

Je n'arrive pas à y croire… Papa en colère ! Et contre moi, sa fille chérie ! C'est comme un cauchemar…

Je me recroqueville encore un peu plus. Je me sens perdue, et si seule… Une main se pose sur mon épaule.

– Olivia…

C'est Arthur, évidemment.

– Olivia, sois pas triste, s'il te plaît. Sinon je vais me mettre aussi à pleurer.

Un garçon qui pleure ? Je lève la tête, et c'est vrai qu'Arthur a les yeux très brillants !

– Comment m'as-tu retrouvée ?

– J'étais sûr que tu étais au musée. Je pensais que tu avais été voir Madja, et je me suis senti tout bête quand je ne t'ai pas trouvée là… Alors, j'ai commencé à chercher partout.

– Moi qui croyais avoir une bonne cachette !

– Elle est super, ta cachette. On ne te voit pas du tout. Mais j'ai repéré un bout de queue noire qui dépassait… et bougeait… Ce n'était pas la queue d'Anubis !

Je renifle bruyamment, et Arthur me tend son mouchoir à carreaux.

Devant tant de gentillesse, je me remets à pleurer de plus belle.

– Te rends pas malade comme ça, Olivia. Ce soir, il se sera calmé, ton père.

– Tu ne peux pas comprendre. Mon père, il est spécial. Il ne se fâche jamais. Jamais, tu entends. Tout est de la faute de cet affreux bonhomme ! Dès notre première rencontre, il m'a fait une sale impression. Maintenant, j'en suis sûre : c'est un être malfaisant. Tu te rends compte : il a réussi à monter mon propre père contre moi !

– Tu n'exagères pas un peu ?

– Tu ne sais pas tout ! Tout à l'heure, quand il s'est penché vers la momie, il tenait à la main quelque chose de brillant. Un couteau en or ! Alors, qu'est-ce que tu en dis ?

– Tu as peut-être mal vu ? Ce que tu as pris pour un couteau, ce pouvait être n'importe quoi de doré… ses lunettes, un briquet… Et si c'était vraiment un couteau, qu'est-ce que tu veux qu'il fasse avec ? Découper un souvenir dans la momie ? Y graver ses initiales ?

– Je sais que ça paraît fou, mais j'ai l'impression qu'il en veut à cette momie ! Tu aurais dû voir son regard…

– Si j'ai un conseil à te donner : ne raconte pas ces histoires à ton père ! Sinon, t'as pas fini d'avoir des problèmes !

9

Poussière du désert

L'après-midi se traîne. Et la chaleur monte à nouveau.

Je me sens mal. J'ai un poids sur le cœur depuis la dispute de ce matin.

Ni les jeux vidéo débiles d'Arthur ni la tendresse râpeuse de Bastet ne sont parvenus à me remonter le moral.

Il faut absolument que j'aille voir Papa ! Arthur essaie de me convaincre que c'est une mauvaise idée d'aller le déranger. Mais je n'y tiens plus ! Je ne me sentirai mieux que quand il m'aura pardonnée !

La porte du bureau est fermée. Flûte ! Il a de la visite. Je distingue des éclats de voix. Papa parle fort et d'un ton très sec. Ma parole, il est encore plus fâché qu'avec moi ! Si ça pouvait être… Discrètement, je me cache derrière une colonne pour surveiller la porte… qui ne tarde pas à s'ouvrir violemment. C'est lui ! C'est bien mon ennemi qui sort, poussé par la colère de Papa. Il a une mine affreuse. On lui donnerait bien cent ans ! Il est tellement rouge qu'il en paraît presque mauve. Soudain, il hurle dans une langue que je ne comprends pas.

Il crie si fort que les veines de son cou paraissent prêtes à éclater. Quand il se remet à parler français, c'est pour vomir qu'il se vengera.

La porte claque. Le vieillard se retourne et me fixe de ses yeux sanguinolents. Je suis frappée par l'intensité de sa haine et j'essaie de trouver un peu de courage en regardant mon porte-bonheur. Ses yeux ont suivi mon geste, et s'attardent maintenant sur le scarabée… dont je sens la chaleur sur ma peau ! Sa rage se calme subitement. Continuant à me fixer, il se traîne jusqu'à moi. Je suis incapable du moindre mouvement, hypnotisée par son regard de serpent. Il s'approche jusqu'à me toucher… Un sourire cruel distord sa bouche, révélant ses gencives saignantes et ses dents rouges et branlantes. Il murmure dans mon cou, rien que pour moi :

– Votre chère momie va tomber en poussière cette nuit, mademoiselle. Vous seule pouvez l'empêcher. Si vous en avez le courage, vous devrez être à ses côtés aux douze coups de minuit…

Je frissonne encore d'horreur au moment où il disparaît parmi les vases grecs et les chapiteaux doriques.

Cinq minutes plus tard, Arthur arrive en courant, tout rose d'excitation.

– Tu vas être contente de moi. J'ai espionné l'affreux à sa sortie du musée ! Tu avais raison. Il n'a pas l'air net ! Je l'ai vu faire toutes sortes de gestes comme un nécromancien de jeu vidéo. Et il a déposé ça devant la porte…

Il me tend un caillou que je prends du bout des doigts. Il est chaud et rouge. Chaud et rouge comme les falaises qui bordent le Nil… Chaud et rouge comme le sable du désert…

10

La patte de Bastet

Impossible de m'arrêter de trembler.

– Calme-toi, Olivia. Calme-toi. Ne te mets pas dans un état pareil, je t'en prie ! Tu fends le cœur de ton vieux papa.

Papa me serre maladroitement contre lui. Ça fait un temps fou qu'il ne m'a plus prise dans ses bras ! Je ne me rappelle même plus quand c'était…

Je tremble autant d'émotion que de frayeur.

J'arrive finalement à hoqueter :

– Qu'est-ce qui s'est passé exactement entre toi et ce sale type ?

– Avant de répondre à ta question, il faut d'abord que je t'explique notre situation. Tu sais, ma chérie, que ce musée, c'est toute ma vie ! J'y consacre tout mon temps, toute mon énergie. Parfois même, et je le regrette, aux dépens de ma vie de famille. J'y ai aussi englouti tout notre argent. Nous n'avons plus un franc devant nous ! Et ça ne suffit pas ! L'entretien de ce musée coûte une fortune ! Il faudrait refaire le chauffage, installer un système de régulation hygrométrique pour que les objets ne s'abîment pas. J'ai demandé des subventions à l'État, et même des prêts à des banques. J'ai rencontré des fonctionnaires polis et des employés méfiants qui ont promis d'étudier mon dossier. Ça fait des mois que j'attends, sans résultat ! Alors, quand ce savant m'a proposé d'acheter le papyrus pour sa fondation scientifique. Je ne te dis pas la somme ! J'ai cru à un miracle, et j'ai failli céder, je te l'avoue. Mais il me proposait tellement d'argent que je me suis posé des questions. Ce papyrus est précieux, mais pas exceptionnel ! J'ai donné quelques coups de fil à des amis bien placés. Et j'ai appris que sa fondation n'existait pas, et que personne ne connaissait d'égyptologue de son nom ! Donc, quand il est venu me trouver pour avoir ma réponse… Je la lui ai donnée un peu sèchement, et ça ne lui a pas plu ! Je suis vraiment désolé que tu aies assisté à cette scène déplaisante. Je ne me rendais pas compte que tu étais aussi impressionnable !

– Mais alors, si ce n'est pas un égyptologue, qui est-ce ?

– C'est sans doute un de ces collectionneurs fous qui sont prêts à tout pour s'approprier l'objet de leurs rêves !

– Et comment peut-il connaître aussi bien l'Égypte ? Et quelle langue parlait-il ? Tu n'as pas remarqué qu'il vieillissait de jour en jour ? Et ses cheveux rouges ?

– Doucement ! Doucement ! Pas d'emballement ! La seule chose qui m'a frappé, c'est l'étendue de son savoir. C'en était presque vexant ! Mais les amateurs disposent de tant de moyens aujourd'hui pour assouvir leur passion de connaître…

– Il a dit qu'il allait se venger !

– Des menaces en l'air ! Un vieil homme comme lui… Je ne serais pas surpris qu'en ce moment même il ait une crise cardiaque, pour s'être autant énervé ! Tant pis pour lui ! Pas de pitié pour ceux qui font peur à ma petite Olivia ! Et puis que veux-tu qu'il fasse contre nous ? Le musée est défendu par un réseau d'alarmes qui protège même notre appartement. Nous sommes mieux gardés que des chefs d'État !

– Sauf quand il y a de l'orage !

Ça, c'est Arthur qui fait le malin. Papa n'apprécie pas vraiment :

– Arthur, ce n'est pas le moment ! Tu ne vois donc pas que ta cousine a besoin de réconfort, de compréhension.

Papa me prend la main.

– Olivia, ma fille, devant Arthur ici présent, je te présente mes excuses officielles pour tout à l'heure. Je ne me mettrai plus en colère. Avoue quand même que tu exagères parfois ! Tu devrais apprendre à dominer ton impulsivité, à garder les pieds sur terre…

Arthur regarde en l'air, et ça interrompt net Papa dans sa tirade.

– Bref ! Tant que je suis occupé à faire un discours, j'aimerais te dire tout haut ce que je pense si souvent : que je remercie les dieux d'avoir une fille aussi formidable ! Aussi belle, intelligente, gentille…

Il manque d'air… On dirait un poisson qui se noie ! Pauvre Papa, je l'adore ! Je lui saute au cou avant qu'il ne s'étrangle tout à fait.

Pendant que je l'embrasse, Arthur me fait un clin d'œil appuyé et Bastet, de joie, fait ses griffes sur le tapis en soie du Cachemire.

Je fais un baiser de plus à Papa pour qu'il ne la remarque pas !

11

Gardienne de la nuit

Malgré la chaleur qui recommence à monter, le repas du soir se passe dans la bonne humeur. Arthur essaie de convaincre mon père des bienfaits de la technologie… et finit par lui proposer un cours d'électronique ! Papa éclate de rire. Moi, j'ai du mal à participer.

Je n'arrive pas à chasser de ma tête les paroles du vieux fou !

La momie en danger… Les douze coups de minuit… Je n'ai même pas osé en parler à Papa ! Après toutes ses recommandations pour que j'aie les pieds sur terre !

Je me repasse au ralenti le film des événements : l'horrible vieux bonhomme qui s'approche de moi… Son haleine dans mon cou, et les mots qu'il me souffle à l'oreille… Et cette sensation de brûlure sur ma poitrine à l'emplacement du scarabée…

Un message de la déesse Isis à travers le temps ?

Il faut que j'en aie le cœur net !

Dans la chambre, Arthur tripote ses jeux électroniques d'un air concentré.

Je l'appelle de ma voix la plus douce…

– Arthur, je te dérange ?

Il marmonne sans se retourner :

– Ouais…

– Arthur, j'ai besoin de toi !

Il lève la tête.

–… Est-ce que tu serais capable de bidouiller une alarme pour éviter qu'elle ne sonne ?

Il répond aussitôt d'un air supérieur :

– Bien sûr !

– Est-ce que tu serais capable de le faire, par exemple, pour une seule des salles du musée ?

Il me regarde, soupçonneux.

– Qu'est-ce que tu mijotes ?

Je lui raconte tout : les menaces de l'homme rouge, le scarabée, mes pressentiments…

– Essaie de comprendre, Arthur : s'il arrivait malheur à Madja, je ne me le pardonnerais pas… Il faut que je veille sur elle cette nuit ! De toute façon, je ne risque rien puisque nous sommes mieux protégés que des chefs d'État, comme dit Papa…

– Il n'y connaît rien, ton père !

– Et puis j'ai mon porte-bonheur ! Je suis une élue d'Isis…

– Mais qu'est-ce que tu veux qu'il lui arrive à ta momie ? Qu'elle disparaisse ? Qu'on la fasse mourir une deuxième fois ?

– Arthur, je t'en supplie… Ce que je te demande, c'est de débrancher provisoirement une alarme de rien du tout pour que je puisse pénétrer dans la salle de la momie. Pour toi, c'est un jeu d'enfant !

Touché ! Il commence à céder, mon petit cousin.

– Et si ton père l'apprend ?

– Je te jure que personne n'en saura rien !

– Alors, je vais avec toi !

Même la psychologue de l'école verrait qu'il n'en a pas vraiment envie !

– Tu n'as qu'à monter la garde de l'autre côté de la porte du musée…

– Je te préviens : au moindre bruit suspect, je cours prévenir ton père !

– OK.

– Ce n'est pas tout ! J'ai une condition. Je veux…

– Ne me fais pas languir !

– Je veux un baiser de toi…

Je tombe des nues ! Arthur jouant au prince charmant… On aura tout vu !

– C'est du chantage… Mais je n'ai pas le choix, j'accepte…

Je donne quelques outils de Papa à Arthur, et il se met au travail…

•

L'air devient de plus en plus irrespirable.

Incroyable, une telle canicule au mois de juin…

Enfin, Arthur me fait signe que je peux y aller. J'ai mis mes baskets pour ne pas faire de bruit. Je prends une lampe de poche avec des piles neuves. 11 heures : c'est bon, je suis dans les temps !

– Tu as bien réfléchi ?

Arthur a soudain l'air inquiet et malheureux. Il est trop mignon quand il se fait du souci !

J'entre à pas de loup… J'allume quelques secondes ma lampe de poche, et je l'éteins aussitôt. Je connais les lieux comme ma poche. Je suis pourtant surprise par les craquements du parquet dans la salle du dieu-éléphant. La nuit, les moindres sons prennent des proportions effrayantes. Ma main glisse sur le bois, sur la pierre froide… des formes familières me guident jusqu'au sarcophage.

Je m'assieds contre le socle de bois. Il ne me reste plus qu'à attendre…

Petit à petit, mes yeux s'habituent à l'obscurité. Je commence à distinguer ce qui m'entoure. Heureusement que je ne suis pas du genre peureuse ! Dans le noir, les statues prennent les apparences les plus étranges. Même mon fidèle Anubis me semble monstrueux. Un grondement au loin. Le moteur d'un avion ? Ça se rapproche… L'orage ! Encore !

À présent, les nuages se battent en duel juste au-dessus de la maison. Le vent et la pluie déferlent sur le bâtiment. À la lueur intermittente des éclairs, l'intérieur du musée a une ambiance inquiétante… Hostile même. Je crois voir des ombres bouger là où je sais qu'il n'y a rien, et je ne reconnais plus mes objets préférés…

12

Le souffle de l'éternité

– Maman…

Le son de ma propre voix m'a fait peur… Ça y est, je perds les pédales.

Pas de panique, Olivia ! Reprends-toi.

Et si je laissais tomber ? Personne ne m'oblige à faire le pied de grue en attendant… Quoi, d'ailleurs ?

Je profite d'un éclair pour regarder ma montre. Bientôt minuit. Je ne vais quand même pas renoncer maintenant…

Soudain, deux yeux phosphorescents trouent l'obscurité devant moi.

Un frôlement. Je fais un bond en arrière et pousse un cri perçant.

Un miaulement furieux me répond. Je viens de marcher sur la queue de Bastet !

Ma chatte, si tu savais ce que je suis contente de te voir ! Viens vite sur mes genoux, tu me tiendras compagnie...

Flûte, dans la panique, j'ai perdu ma lampe de poche ! Me voilà obligée de me débrouiller sans lumière. Je n'aime pas ça du tout !

J'espère que personne ne m'a entendue crier...

Le premier coup de minuit sonne enfin à la grosse horloge japonaise de l'entrée, puis c'est une ribambelle de boîtes à musique et de carillons de partout et d'ailleurs qui prennent le relais. C'est beaucoup plus impressionnant qu'à midi !

Mon cœur bat plus vite dans ma poitrine... 11, 12 ! Le douzième coup ! Je suis tendue comme un arc. Je scrute les ténèbres, je suis tout ouïe...

Rien. Il ne se passe strictement rien !

Il m'a bien eue, ce vieux débris ! Il savait qu'il me ferait passer une nuit blanche. Mais il n'espérait peut-être pas que je serais assez débile pour la passer dans ce musée tout noir !

Je vais quand même rester encore un peu. Disons une demi-heure de plus. Par acquit de conscience.

Je me rassieds, et me laisse aller, le dos contre le sarcophage.

Mon pendentif toujours si frais contre ma peau me semble soudain chaud… chaud… Je n'aime pas ça du tout !

J'essaie de me raisonner : c'est normal que le pendentif soit chaud, puisque je suis moi-même bouillante.

Un bruit bizarre… Comme un froissement de tissu… Dans mon dos, quelque chose…

– Il y a quelqu'un ?

Oh, la petite voix que j'ai là ! J'ai le ventre noué par la peur…

Je me force à tourner lentement la tête…

C'est dans le sarcophage que ça se passe !

La momie… Madja… j'ai l'impression qu'elle a bougé !

Je me redresse pour essayer d'apercevoir quelque chose. Mais dans la pénombre, je ne distingue rien. Le même bruit encore…

Un éclair aveuglant illumine brièvement la pièce. Je me penche vers la momie. Elle a l'air normale…

Non ! Ses mains ! Les mains de Madja ne sont plus croisées sur sa poitrine !

Les ténèbres à nouveau… Je suis terrorisée ! Qui a touché à la momie ?

Tout est silencieux maintenant. Trop silencieux. Une odeur douceâtre m'arrive par bouffées… À quoi me fait-elle penser ? À des herbes aromatiques… ou à des résineux… L'odeur de la momie ! Les résines utilisées pour son embaumement !

Le bruit recommence. J'écarquille les yeux. Il me semble percevoir un faible mouvement, tout près de moi…

Un éclair à nouveau. Là, juste sous mon nez : la main de Madja bouge !

Avec des saccades, comme dans un vieux film muet, elle se tend vers moi. Mon scarabée… Il brûle ! Je crois que je vais me sentir mal…

– Madja ? Je sais que c'est un rêve, ça suffit comme ça… Madja, tu me fais peur… Je vais me réveiller si tu continues !

Je peux toujours causer ! Je n'ai pas du tout l'impression de rêver.

Dans la quasi-obscurité, je la vois bien, cette forme blanchâtre qui se dresse ! Un éclair. Madja est debout dans son sarcophage !

– Maman, au secours !

Je cours comme une folle… Je me cogne partout, je tourne en rond… enfin la porte ! Le cœur sautant dans ma poitrine, je referme le battant derrière moi. Bastet ! J'ai oublié ma chatte ! Mais je n'aurai jamais le courage de retourner la chercher !

13
Magie rouge

Je fais quelques pas dans l'obscurité et je me cogne contre une statue. Une statue ? Il n'y a pas de statue dans la salle des souvenirs de l'aïeul ! Catastrophe ! Je me suis trompée de porte ! Au lieu de retourner vers l'appartement, je me suis enfoncée dans le musée. Mais alors... L'alarme ! Pourquoi l'alarme ne s'est-elle pas mise à hurler ? Je suis dans la salle Bleue, la salle du papyrus. Arthur n'a rien débranché de ce côté-ci ! Est-ce que l'as de l'électronique se serait trompé ? À moins que ce ne soit l'orage... Plus rien ne protège le musée !

Pas question de retourner dans la salle de la momie : il va falloir que je fasse le grand tour du musée pour rejoindre l'appartement ! Dans le noir…

Ce serait tellement mieux si je me réveillais maintenant dans mon lit. Mais non, j'ai beau me pincer. J'avance à tâtons… et me tape violemment la tête contre une vitrine. Je me frotte le front, et serre les dents : je suis au bord des larmes.

Ne pleure pas, Olivia. Courage, tu vas y arriver !

Une vague forme devant moi. Encore une statue ? Au milieu du passage ? Je n'y comprends plus rien. Il n'y a jamais eu de statue ici. Surtout pas de statue qui bouge… et qui ricane comme une hyène !

Un formidable éclair… C'est lui ! L'affreux vieillard s'est déguisé en prêtre égyptien du temps des pyramides ! Quel carnaval ! Son torse décharné est recouvert d'une peau de panthère mitée dont la tête aux crocs jaunâtres retombe sur son épaule. Un pagne en lin plissé descend jusqu'à ses genoux squelettiques. À la lumière des éclairs qui se succèdent sans interruption, il paraît encore plus délabré qu'en plein jour ! Il me regarde d'un air complètement halluciné en souriant de toutes ses dents rouges. L'obscurité s'abat d'un coup.

– Je suis ravi de vous revoir, mademoiselle la fille du conservateur. J'avais raison de compter sur votre délicieuse curiosité juvénile. Vous avez eu l'air surprise par mon costume. Il est authentique, pourtant. La fille d'un égyptologue devrait être capable de le reconnaître !

Aucun son ne parvient à sortir de ma gorge.

– Vous êtes moins bavarde, tout à coup. Vous aviez la langue mieux pendue à la lumière du jour ! Auriez-vous peur, par hasard ?

Peur, moi ? Je frôle la crise de nerfs ! Mais je ne veux pas que ce malade se rende compte de l'état dans lequel je suis. Je me force à articuler quelques mots.

– On dirait un prêtre égyptien. D'où sortez-vous ces frusques ?

C'est incroyable, ma voix m'obéit encore !

– Elles m'appartiennent ! On m'appelait Pentou… il y a près de 4 000 ans !

Marchant avec difficulté, le vieillard s'est avancé jusqu'au milieu de la salle du papyrus, sous la fragile verrière qui nous sépare du déchaînement de l'orage. Je ne peux plus reculer… à moins de retourner dans la pièce d'où je viens : la salle de la momie. Est-ce Pentou qui a fait sortir Madja de son sarcophage ?

– Moi, Pentou, je suis un très grand magicien. Je vénère le dieu Seth, le dieu rouge. Vous le connaissez sûrement…

– Le dieu du Mal, de la Violence et des Orages…

Un violent coup de tonnerre me coupe la parole.

– Le seul dieu égyptien vraiment digne d'admiration ! Il a tout pour lui : la puissance, l'intelligence, la patience et la ruse. C'est pourtant son frère, Osiris, qui fut désigné pour régner sur l'Égypte. Pour réparer cette injustice, Seth eut l'idée de jouer sur l'orgueil d'Osiris. Il promit de faire cadeau du plus beau coffre jamais construit, tout en or et en pierres précieuses, à celui qui le remplirait entièrement. Cet imbécile d'Osiris, évidemment, voulut l'essayer et dès qu'il fut allongé dedans, Seth referma le couvercle. Un piège parfait ! Mais il avait sous-estimé le pouvoir de l'épouse de son ennemi, la déesse Isis. En le ressuscitant, elle fit d'Osiris le souverain du royaume des morts. Seth ne fut plus jamais le seul maître de l'univers. Les derniers pharaons ont disparu, mais entre Seth et Isis, la lutte dure toujours ! Le dieu Seth a gardé tous ses pouvoirs de destruction, et il sait récompenser ceux qui le servent fidèlement. C'est ainsi que j'ai réussi à survivre jusqu'à aujourd'hui. Mais mon souffle vital commence à faiblir…

– C'est le moins qu'on puisse dire, vieux schnock !

– Ne vous réjouissez pas trop vite de ma déchéance, petite peste. Car j'ai trouvé ici, dans ce musée minable, ce que je cherchais depuis cent ans : le papyrus d'Isis qui assure l'immortalité à Celui qui Sait.

– Mon père ne vous laissera jamais le prendre, je vais l'appeler…

Je sens alors une main osseuse se resserrer sur mon cou. L'horrible sorcier a profité de l'obscurité pour se rapprocher de moi.

14

Au cœur des ténèbres

Impossible de me dégager. Le vieux débris a encore une poigne de fer !

– Je me moque de votre père ! Il ne m'a pas donné le papyrus quand je le lui demandais poliment. Tant mieux ! L'honnêteté ne convient pas aux serviteurs de Seth ! La nuit passée, je suis déjà entré dans le musée. Tout se déroulait à merveille. Mais j'ai fait une erreur ! La même que Seth… J'ai négligé Isis !

Je ne peux m'empêcher de murmurer…

– Madja…

– Oui, l'infâme Madja, grande prêtresse d'Isis de ces temps oubliés ! Votre chère momie ! Je la croyais endormie pour l'éternité, prisonnière de ses bandelettes de lin. Mais elle veillait. J'ai vainement déchaîné contre elle les forces de la nuit. Et si elle m'a forcé à fuir comme un misérable, c'est par votre faute ! J'ai bien vu votre manège : vous vous acharnez à la faire revivre en prononçant son nom, jour après jour…

Incroyable ! Sa voix chevrote et sa main tremble… comme s'il avait peur de moi !

Je tente le tout pour le tout.

– Lâchez-moi ! Je suis l'élue d'Isis, vous n'avez pas le droit de me toucher…

– Je sais bien que vous êtes une Élue ! Et c'est grâce à vous que j'aurai ma revanche. Grâce à vous et au scarabée d'Isis…

Avant que j'aie pu esquisser un geste, il arrache mon pendentif et le tient à bout de bras d'un air triomphant…

Dans sa main, le scarabée luit faiblement, éclairant la salle d'une lueur bleutée. Dans mon dos, j'entends comme un craquement, puis un grincement de porte…

Pentou l'a entendu aussi et un affreux sourire tord sa bouche.

Une forme blanche se découpe dans l'encadrement de la porte…

– Madja ! Il m'a pris le scarabée !

En ricanant, Pentou dirige le pendentif vers elle, comme si c'était une arme. La frêle silhouette vacille, un son plaintif s'en échappe, comme un gémissement… Madja souffre…

Je ne peux pas le supporter ! Je rassemble toute mon énergie et décoche un violent coup de pied au vieux prêtre. J'ai essayé de viser son tibia, là où ça fait le plus mal, et apparemment même les magiciens n'aiment pas ça ! Il fait une horrible grimace, et de surprise lâche le pendentif. Le scarabée tombe par terre avec un petit bruit sec. Le cadeau de Papa ! Il me l'a cassé ! Pentou s'est jeté à quatre pattes par terre et fouille frénétiquement le sol tout autour de lui. C'est le moment de filer !

Trop tard : il m'a agrippé la cheville et je tombe à genoux.

– Votre seule chance de sortir vivante d'ici, c'est de retrouver le scarabée. Vite !

J'agite sans conviction les mains autour de moi sur le plancher.

Dès que Pentou l'a lâché, le scarabée s'est éteint. Aucune chance de le retrouver ! D'ailleurs, pourquoi fait-il aussi noir ? Où sont les éclairs ? Où est passé l'orage ? Accroupi près de moi, Pentou progresse méthodiquement dans ses recherches. Deux yeux jaunes brillent juste derrière lui. Bastet ? On dirait qu'elle a quelque chose dans la gueule…

Petit à petit, j'arrive à m'éloigner de Pentou. Il faut que je réussisse à m'échapper ! Mais je n'ai aucune idée de la direction que je dois prendre ! Moi qui croyais si bien connaître le musée, je suis complètement paumée. Zut ! Je viens de buter contre quelque chose…

Un pied ! Un pied nu dans une sandale ! Je tâte le pied… et mon cœur s'arrête de battre : il est chaud… et vivant ! Je lève les yeux : une étrange lueur flotte au-dessus de ma tête… elle s'amplifie…

Pentou pousse un cri qui s'étrangle en un affreux gargouillement… C'est une femme qui se tient à présent dans l'embrasure de la porte ! De l'or brille partout sur sa poitrine… Un pectoral ! Je devine des ailes déployées… On dirait la déesse Isis !

– Madja ?

Je commence à mieux distinguer les détails. C'est bien Madja… comme je l'avais toujours imaginée ! Une très belle jeune femme aux cheveux de jais, aux yeux soulignés de khôl, à la silhouette élancée. Elle est coiffée de la couronne des adoratrices d'Isis, et vêtue du lin le plus fin. Elle pose le pendentif au centre de son pectoral et la lumière irradie en direction de Pentou.

Le sorcier est livide… Ses cheveux sont devenus tout blancs ! Plus la lueur s'intensifie, plus il se recroqueville sur lui-même. Il a l'air terrifié ! Tourné vers Madja, il répète des mots dans une langue inconnue. Soudain, il tombe sur le côté, et râle comme s'il agonisait… Des fissures apparaissent sur sa peau… et avant que j'aie compris ce qui se passait… il s'effrite et tombe en poussière !

Madja tourne la tête vers moi alors que la lumière baisse d'intensité. Elle… elle me sourit ! J'ai la tête qui tourne…

– Madja… Je me sens drôle… Qu'est-ce qui m'arrive ?

Tout en prononçant ces mots, je me rends compte de leur ineptie. J'ai en face de moi une femme qui a côtoyé Toutankhamon, qui a traversé le royaume des morts… et je n'ai pas une seule question intelligente à lui poser ? D'un geste rassurant, Madja tend la main vers moi. Elle aussi… elle a une marque sur la main gauche !

– La vie… la mort… Madja, raconte-moi !

Tout à coup, une explosion de lumière… Toutes les lampes du musée se rallument d'un coup et les alarmes se mettent à sonner ! C'est comme si ma tête éclatait au même moment. Le sol bascule vers moi.

– Madja !

15
Le baiser d'Isis

Je suis assez contente de l'histoire que j'ai racontée à mon père et aux policiers qui m'ont ramassée dans le musée : le cauchemar qui m'a réveillée, les bruits dans le musée, la petite fille effrayée dans les salles privées de courant… Papa m'a mis de la glace sur la tête, là où je lui ai dit que je m'étais cognée, et le médecin a confirmé que ce n'était pas grave.

Maintenant, il faut seulement que j'empêche Papa d'intenter un procès à l'installateur d'alarmes.

– C'est insupportable ! À chaque fois qu'il y a de l'orage, ces machines deviennent complètement folles… Le commissaire m'a confirmé que nous sommes restés sans surveillance pendant plus d'une heure cette nuit !

Papa se lève de table, très énervé. Il dévisage Arthur… qui n'en mène pas large.

– Arthur, tu es bien un surdoué de l'électronique, hein ?

Arthur verdit et se ratatine sur son siège…

– Heu… Faut rien exagérer…

– Arthur, j'ai bien réfléchi… je crois que je vais accepter ton offre…

Arthur le regarde, sidéré.

–… Tu me proposais de me donner des cours d'électronique… Es-tu toujours d'accord ?

Après le petit déjeuner, Arthur réussit à me coincer dans le salon.

Avec lui, je sais bien que ce ne sera pas aussi facile de m'expliquer.

– Alors, Olivia, j'attends…

Je prends mon air le plus bovin, celui qui décourage tant ma prof de maths…

– Tu attends quoi, Arthur ?

– À ton avis ?

– Il n'y a rien à raconter. J'ai attendu à l'intérieur du musée, près de la momie, et je me suis endormie. J'ai été réveillée par les alarmes, j'ai voulu m'enfuir, mais je suis partie dans la mauvaise direction. Je me suis pris une vitrine et je suis tombée dans les pommes. C'est pas sorcier !

Je n'ai aucune envie de lui raconter ce qui s'est passé… De toute façon, le connaissant, il ne me croirait pas. J'en ai assez de me faire traiter de folle !

Arthur commence à s'énerver.

– Ah oui ! Et le tas de poussière rouge que ton père a retrouvé en plein milieu de la salle Bleue ?

– Un peu de sable apporté par le sirocco. Il a encore soufflé fort cette nuit.

– Ben voyons… Une telle quantité, rassemblée au même endroit, ça ne te paraît pas étrange ? Toi qui es toujours prête à échafauder les théories les plus abracadabrantes… Toi qui prétendais que la momie avait marché parce qu'elle avait un peu de sable sur les pieds ? Je suis sûr que tu me caches quelque chose !

– C'est peut-être madame Sonia, la femme de ménage, qui a fait un tas en balayant, et mon père l'a trouvé avant qu'elle ne l'enlève…

– Tu sais très bien qu'on a fait le tour du musée hier, et qu'elle avait nettoyé partout. Il y a autre chose aussi. Un détail que même ton père a trouvé bizarre… Ton scarabée…

– Quoi, mon scarabée ?

– Je croyais que tu le portais toujours ?

– Oui, et alors ?

– Tu ne l'as pas ce matin…

Je porte instinctivement la main à ma gorge. Idiote que je suis ! Bien sûr que je ne peux pas l'avoir…

– J'ai dû le laisser sur ma table de nuit.

– Tiens donc. Alors, qu'est-ce qu'il faisait sur la momie, ce matin ?

– On dirait un interrogatoire ! Pour qui tu te prends ? Je l'ai enlevé parce qu'il faisait chaud et qu'il me gênait… Je l'ai oublié…

– Toujours à propos de ton pendentif…

– Quoi encore ?

– La tache rouge que tu as juste en bas du cou… On dirait une brûlure…

– Tu dis ça parce que je t'ai dit que le scarabée chauffait ? Tu m'as vraiment crue alors !

– Je ne crois rien de ce que tu racontes ! Et surtout pas maintenant !

– Je dois avoir une sorte d'allergie, c'est tout.

Arthur a l'air complètement écœuré… J'espère qu'il va s'arrêter là dans ses questions !

Une boule de poils saute sur mes genoux : c'est Bastet ! Elle se frotte contre moi comme si de rien n'était…

La fenêtre entrouverte apporte un peu de fraîcheur. Le chien des voisins aboie comme un fou contre la clôture. En l'entendant, la chatte se précipite dans le jardin comme une furie, gonflée de colère, et le berger allemand s'enfuit, la queue entre les jambes… Je n'en crois pas mes yeux ! On a changé ma chatte ! Elle d'habitude si peureuse… qui se fait persécuter par tous les chiens du quartier… Elle a mangé du lion !

Arthur me jette un regard en coin…

– P'titetêt aussi est bizarre ce matin, non ?

Je ne daigne pas lui répondre.

– Tu ne veux rien me dire ? D'accord ! Mais tu me dois deux choses…

– Ah oui ?

– Une démonstration de vol de lit…

– C'était du bluff ! J'en suis bien incapable !

– Et mon baiser ! Tu l'as promis !

Là, je suis coincée… J'ai beau être une élue d'Isis, je ne vois pas par quelle magie je pourrais m'en sortir…

Table des matières

Dans la même collection

MILAN POCHE JUNIOR

1 • *Le Jobard* de Michel Piquemal
2 • *Histoires pressées* de Bernard Friot
3 • *Pour l'amour d'un cheval* d'Alim Hekmat
4 • *Rock'n Loup* d'Hervé Debry
5 • *Le 13* de Gérard Moncomble
6 • *La Nuit de la sorcière* d'Hélène Montardre
8 • *Romain Gallo contre Charles Perrault* de Gérard Moncomble
9 • *Le Mouton Marcel* de Jean-Luc Coudray
10 • *Les Oiseaux du Mont Perdu* de Michel Cosem
11 • *Le Satellite venu d'ailleurs* de Christian Grenier
12 • *Les Neiges rebelles de l'Artigou* de Michel Cosem
13 • *Fabuleux Romain Gallo* de Gérard Moncomble
14 • *Objectif Terre !* de Robert Boudet
15 • *Au pied du mur* d'Hélène Montardre
16 • *Le Pionnier du Nouveau Monde* de Michel Piquemal
17 • *La Bague aux trois hermines* d'EBP
18 • *Le Commando des pièces à trous* de Pierre Coran

Achevé d'imprimer
par France-Quercy, à Cahors
n° d'impression : 91493
Dépôt légal : 3e trimestre 1999
Loi 49-956 du 16 juillet 1949
sur les publications destinées à la jeunesse